해거름의 세상은 둥글다

시작시인선 0349 해서름의 세상은 둥글다

1판 1쇄 펴낸날 2020년 9월 30일
지은이 손경선
펴낸이 이재무
책임편집 차성환
편집디자인 민성돈, 장덕진
펴낸곳 (주)천년의시작
등록번호 제301-2012-033호
등록일자 2006년 1월 10일
주소 (03132) 서울시 종로구 삼일대로32길 36 운현신화타워 502호
전화 02-723-8668
팩스 02-723-8630
홈페이지 www.poempoem.com
이메일 poemsijak@hanmail.net

©손경선, 2020, printed in Seoul, Korea

ISBN 978-89-6021-516-0 04810
     978-89-6021-069-1 04810(세트)

값 10,000원

해거름의 세상은 둥글다

손경선

천년의
시 작

시인의 말

들숨보다는 날숨으로 허송한 나날
들숨과 날숨의 차이만큼 늘 숨을 헐떡거렸다

짧은 숨결을 심호흡으로 베껴 적었다
벌써부터 우그러졌던 가슴이 그나마 더 쭈글쭈글해졌다

쪼그라든 내가 여기 있다

앞으로 더,
헛헛한 가슴으로
쭈글쭈글해진 채 살고 싶다.

차 례

시인의 말

해 설

제1부

다 이루었다

십자가에 못 박혀 매달렸을 때 하신
예수님 말씀

큰아들 미국으로 유학 보냈다
거기서 결혼해 자식 낳고 끄떡없이 살고 있다
둘째 딸 호주로 유학 보냈다
거기서 결혼해 마찬가지로 잘 살고 있다

자식 낳아서
교육시키고 배필을 찾아주었으니

다 이루었다

저녁 해거름
적막이 속삭이는 한마디

다 잃었다.

바람꽃

바람도 꽃을 피운다
변산바람꽃, 속초바람꽃, 꿩의바람꽃
너도바람꽃, 나도바람꽃

산들거리는 나뭇잎
일렁이는 물결
비틀거리는 삶
순장처럼 덧없는 세월도 몽땅 바람

그렇다면
너도 나도
흔들리는 우리 모두 바람이려니
반드시 꽃 피는 날 있겠다.

해거름의 세상은 둥글다

시간이 숨겨 둔
절삭과 연마가 빛나는 해거름
세상은 둥글다

열기를 잃어가면서
몸을 웅크리는 것들 모두 둥글다

발길질로 무너트린 과거
짓밟히는 오늘
부서질 내일의 환영
나를 둥글게 한다

집착에서 풀려난 눈빛, 얼굴
옷과 신발이 걸어오는 노년의 한마디
둥글기만 하다.

줄

앞으로나란히
좁은 간격으로, 넓은 간격으로 모여
학교에서 배운
줄

덕 볼,
덕 본 사람들 설 자리
세상에서 배운
줄.

저울

하늘은 심판하지 않는다
어떤 저울도 가지고 있지 않다
허물이 하해를 이루면
무거운 바닥이 기울어
아래로 쏟아질 뿐.

가족 관계 등록부

산 사람을 위한
아직은 산 사람의 전출입 신고

매일매일이 부활절 아침
붉은 줄은 아직 그려지지 않았다

멀찍이 서서 말없이 한숨짓는 아들
서성이며 틈틈이 휴대폰을 만지작거리는 며느리
바싹 옆에 붙어서 붉은 눈으로 다리를 주무르는 딸
어색하게 서있다 화장실을 자주 찾는 사위
그리고 돌아가라고 연신 내젓는 앙상한 손짓

머무는 거리로 드러나는 가족 사이의 관계

'효' 요양병원에서 바라본
가족 관계 등록부다.

* 3연은 주위에 회자되는 말들을 변용.

투영投影

산을 오르다가
하늘을 올려다보며 깨닫는다

가끔은 죽은 나무도 서있다는 것을

세상에 홀로 선
나는 살아있는 것인가.

일기 예보

모든 눈물의 예보는 바로 너다

강수량은 무한이고 풍향과 풍속은
위에서 아래로 빛의 속도로 흐를 것이다
가끔은 달콤하지만
대개는 떫거나 쓰디쓸 것이다

작은 입자들은 미세먼지로 폐부 깊숙이 파고들고
새싹 같은 그리움은 뭉클 자라날 것이다

뚝뚝 떨어지거나 조용히 흐르거나
가슴속으로만 고여 샘물이 될지
뜨겁게 끓어오르거나 차갑게 얼어붙을지

눈물 사이의 거리와
눈물기둥은 얼마나 자라날지
때로는 종이 울릴지.

김장하는 날

간간해야 맛이 있다
배추를 버무리는 아내의 혼잣말

묵은 살림이라야 골고루 살림살이를 갖추듯이
오래된 겉잎이 영양이 많고
여린 속을 감싸다 보니 질겨졌지만
간만 제대로 들면
몸을 허물어 더 부드러워진단다

자기도 원래 귀한 딸로 태어나
노란 속잎이었는데
간 맞추기 어려운 남편을 만나 뒷전으로
자꾸 밀려나 시퍼렇게 멍들고 억센 사람이 되었다며
속속들이 간만 맞춰주면
얼마든지 부드러운 여자가 된다나

김치 하나 담그는데도 간 맞추기 어려운데
모르는 사람을 만나 세상 간을 맞추기는
오죽하겠냐며 볼멘소리를 하다가
간이나 봐달라며 김장 속 한 주먹을 불쑥 내민다.

대숲의 전언

늘 속을 비워 몸을 가볍게 하여
끊임없이 흔들거리란다

흔들지 않는다면
바람이 찾지 않았다는 것
흔들리지 않는다면
참새조차 찾아오지 않았다는 것

오늘, 흔들리는 당신
누군가, 무엇인가 기꺼이 찾아왔기에
결코 혼자가 아니라는 것
그리하여 외로움에서 지켜준다는 것
흔들려야 제 할 일 제대로 하는 것이라는
흔들리는 대숲의 전언이다.

무녀巫女

흰 종이를 입에 물고 새파랗게 날을 세워
서슴없이 작두 위에 오른다

발걸음 헤아리는 한마디 헛된 음절은
부정한 재앙, 선혈 흐르는 탈선
궁극의 침묵이 지나가는 자리다

칼날에서 칼날로
위기에서 위기로 피하는 삶

마침내 하늘이 내려오고 땅이 올라서고
사람이 거기 서서 하나가 되는 순간
귀신일지라도 신과의 은밀한 내통
비밀이 누설되는 순간
접신이다

흔들리는 오방색* 깃발
세상의 무게를 덮는다.

* 오방색五方色: 오행의 각 기운과 직결된 청靑, 적赤, 황黃, 백白, 흑黑의
  다섯 가지 기본색.

입문
—김배히 화백을 뵙고서

팔순의 화가에게 묻는다
작품 세계와 작품에 임하는 자세를

자연을 있는 그대로,
마음에 비치는 대로 그리는 것이 최선이다

지금껏 그린 것은 습작이었고
본격적인 시작은 이제부터라 답한다

그 말을 듣고 보니
육십 줄에 접어든 나는
지금부터가 인생의 입문이다.

경청

'농작물은 농부의 발소리를 듣고 자란다'
예로부터의 말씀

그렇다, 들어야 한다
하다못해 발소리라도 자주 듣고
깊이 스며들어야만 제대로 자라는 것

문득 귀가 가려운 걸 보니
누군가 내 말을 하나 보다
지금 멀리서라도 내 말을 하는 이는
나를 키우고 보살피느라고 바쁜 셈이고
말 못 하는 귀는
어떻게든 감사를 전하고 싶어서
자꾸 곰실거리는 통에
참을 수 없이 가려운 것이다.

짐승

난생 처음 김장을 갈았다
벌레가 싹을 뚝 잘라 먹은 것이 몇 포기
벌레에게 무슨, 차마 욕을 못 했다

고라니가 다 자란 줄기를 싹둑 뜯어 먹었다
이런 괘씸한 벌레만도 못한 것

맨 나중에는 내가 몽땅 먹어 치울 텐데
참 벌레나 고라니만도 못한.

칼날이 쉰다

매일 아침마다 위험한 칼날 위로
얼굴을 들이민다
예리하게 벼린
이중이거나 삼중 날 혹은 전기톱 날

모처럼의 연휴
칼날이 쉰다

덥수룩한 얼굴,
칼날 앞에서 하얗게 질려갔는지
흰 수염 벌써 태반을 넘는다

날카로울수록 말끔해지는 얼굴로
또 다른 칼날 앞에
몸을 들이미는 하루하루

쉰 목소리에 비릿한 피 냄새
하얗게 저며진다

모처럼의 휴일
칼날이 쉰다.

꽃밭

꽃씨를 뿌려서 꽃밭
움이 트고 잎이 돋아서도 꽃밭

활짝 피어서 꽃밭
꽃이 진다 해도 꽃밭

뿌리를 뽑아내도 꽃밭

마음먹은 순간
이미 꽃밭.

항성恒星
—진료실에서

팔순이 넘은 노부부
자주 숨이 가빠
병원을 이웃집보다 자주 드나드는 할아버지
낙상으로 고관절이 부러진 후
한 발자국만 떼려 해도 유모차가 발이 되는 할머니

출가한 오 남매
일 주에 한 번씩 교대로 반찬을 갖다준다 말씀하시며
눈빛을 반짝거린다

숨을 헐떡여도 다리를 절름거려도
여전히 빛나는 별

다섯 개의 위성을 거느린 항성이다.

결혼의 연산演算

하나(1)와 하나(1)가 만난다

합해 보니 둘(2)이다
빼보니 제 몸을 깎아 흔적 없는 영(0)이다

곱해 보니 다시 하나(1)다
나누어보니 역시 하나(1)다

함께 해보니
열 하고도 하나(11)다.

풋고추

붉은 꿈을 이루지는 못했지만
낙과는 아니다

살다 보면 때로 멈추거나 멈출 수밖에 없는 날
주저앉은 꿈,
잃어버린 꿈으로 깊숙이 파고드는 아릿한 통증
더 맵게 약이 올랐다

붉은 고추의 과거가 아닌
설익은 생이 아닌

푸릇한 정지停止
청청하게 멈춰 선 고추다

멈출 줄 모르는 사람들
급히 풋고추에 밥을 삼키고 서둘러 길을 나선다.

제2부

꽃을 저금하다

작은 꽃밭을 일군다
이웃 사람이 이것저것 골고루 작은 나무와
꽃모종을 나누어준다

연신 고맙다는 말에
'그거 저금해 두는 것입니다.'
'많이 자라면 다른 사람에게 나누어 드리면 됩니다.'

이런 세상에

꽃과
나누는 마음을 저금하다니.

흙냄새가 난다

끝이 없다
뽑고 돌아서면 풀

낮은 자세로
더 낮게 다가오는 손길에게만
온전히 몸을 허락하는 풀

텃밭 하나를 일구기가
이렇게도 어렵다니

잡초라는 게 원치 않는 풀이라는데
원치 않는 것을
없애 버리기에도 이리 힘이 드는데

원하는 것을
품에 넣기에는 얼마나 더 낮게 다가가야 할 것인가

흐르는 땀방울에서는
흙냄새가 난다.

잔디 같은 풀

오랜만에 가진 친구와의 식사 자리
잔디밭의 풀 뽑기가 참 어렵다며
괭이밥, 쇠비름, 방동사니를 푸념으로 쏟아낸다

가장 없애기 어려운 풀은
'잔디 같은 풀'이라는 그의 말대꾸

헤어져 돌아오는 길, 이상하게 자꾸만 떠오르는
잔디처럼 생겼으나
잔디 아닌
'잔디 같은 풀'이라는 한마디

늘 무심한 나에게
사람이지만 사람다운 사람 아닌
사람처럼 생긴 사람으로
살지 말라는 충고는 아닌가

전화로 고맙다며
슬쩍 물어볼 수도 없고
생각할수록 뱃속이 더부룩해지는 늦은 밤.

어느 하루
—한천리[*]에서

나팔꽃의 사열로 시작하는 하루
밤새 다녀가며 실례한 노루오줌에서
노루의 안부를
꽃범의꼬리와 시든 매발톱에서
사라진 범이나 매의 흔적을 엿본다
우악스러운 몸매로 요염한 꽃
외양으로 평가하지 말라는 엉겅퀴의 가시 돋친 질책
'개' 자가 붙어도 현란한 개양귀비
아파트보다 높은 층꽃의 향기
해가 기울자 꽃잎을 닫는 채송화
하늘을 바라지 않고 땅을 향해 피는
텃밭의 가지꽃

모두
몸을 낮춰야 제대로 볼 수 있다.

* 한천리: 공주시 우성면 한천리.

목록

그리운 이의 얼굴을 보거나 목소리를 듣고도

얼마 안 가 잊어버리는 기억의 한계

어디를 가거나 무슨 일을 하든지

뒤를 따르는 그림자

단단히 붙잡다가도 놓아버리는 손

곧게 세우다가도 구부리는 목과 허리

나아가다가도 스스럼없이 물러서는 다리

누군가를 향한 뜨겁게 펄떡이는 심장

무엇보다도 먼저 느끼는 배고픔

지금껏 미워했던 사람

아직도 세상에서 모르는 것들

그리고 소리 없는 눈물

감사와 축복의 목록이다.

헛기침

'손주를 업으면 허리가 멀쩡한데
내려놓으면 아프구나'

어머니
제가 곧 뒤를 따를게요

그런데
왜 자꾸만 기침이 나지요.

원천源泉

아찔한 절벽 끝
커다란 바위가 버티는 것은
그 아래 받쳐주는 작은 바위의 힘

작은 바위는 보다 작은 바위에,
더 작은 바위는 풀뿌리에 의지하여 버틴다

언제나 작은 것에 기대어 살아간다.

살맛 나는 사람

월급쟁이 박봉이라서
자영업자 불황으로 장사 안돼서 죽겠다
학생은 공부할 게 많아서
선생은 학생 때문에
환자는 의사 때문에
의사는 환자 때문에 죽을 맛이다
대통령도 국회의원도 과로로 죽을 지경이고
국민은 이들 때문에 거의 죽음이다
힘들어서 졸려서 배고파서 배불러서
그리고 배 아파서 죽겠다
장의사는 살맛 날까.

빈 화분

틀림없이 가득하였다

바닥을 비추는 열기 잃은 햇살
떠나가는 것들
들리지 않는 소리들
눈에 보이지 않는 것들

그리고 범람하는 침묵과 기다림

대뜰 위에서
소멸 후의 다음을 맞이하는 중.

처방전 1
―진료실에서

일단 잘 드셔야 됩니다
홀로 사신다니 오죽하겠어요
많이 걷고
누구라도 손 붙잡고 어울리며
맛있는 것도 찾아다니며 드세요

밥과 사람
그리고 움직이는 것이 제일 좋은 약이에요

입맛이 전혀 없고 맥없이
온몸이 아프다며 좋은 약이나 많이 달라는
굽고 주름진 할머니께

큰 소리로 외친 만병통치 처방전.

처방전 2
―진료실에서

눈을 마주치고
고개를 끄덕인다

거친 손을 잡기도 한다

끝까지
묵묵히 듣는다

잔기침만 피어나는 가난한 입,
화석이 되어버린 귀를 가진

할머니께 드린 처방전.

담

허락과 금지의 경계
여기와 저기의 사이

무관심으로 태어나
궁금증의 기화요초로 높이 자란다

가로막는 것은 역설
두려움의 표식이자
진심은 서로 통하고 싶다는 표현

한마디 말조차 직접 당신 가슴에 가지 못하고
허공을 맴돌다 내려앉는 까닭은
우리 사이에,
내 가슴속에 더 큰 담벼락이 있기 때문이다

자유로이 넘나드는 그대라는 영혼의 뿌리로
홀연 무너져 내리고 싶다는
간신히 버티는 담의 한마디 절규

\>

세상의 모든 담

내 안으로 허물어진다.

바닥 2

바닥이 다른 바닥을 만날 때 자국을 남긴다
우뚝 선다 해도
발바닥만이 땅바닥에 흔적을 만든다

높은 산맥도 한때는 바다의 바닥
조개껍질 사리 몇 과 가슴에 품어 산줄기로 자랐다

진정한 감사는 바닥을 바라보는 절
바닥을 바라볼 때
다시 일어설 수 있다

생의 바닥들이 서로 맞부딪치면
선승의 가르침을 어긴
숫눈 위의 개 발자국 같은 발자국
깊다

바닥이 모두 담아낸다.

바닥 28

채 일 년도 못 사는 바랭이
바닥을 온통 차지하고 뻗어간다
틈틈이 마디마다 뿌리를 내린다

숨은 꽃으로
씨를 뿌려 해마다 땅의 문을 연다

수십 년을 거뜬히 사는 사람
바닥을 끌어안지 못하고 높은 곳만 향한다
짧은 외마디 뿌리도 없이 떠돈다

초라한 꽃도 없이
딱 한 번, 죽어서야 땅의 문을 연다.

바닥 29

무거운 짐을 내려놓아라

아집과 욕심을
집착을
스스로 나를 내려놓아라

그리고 편히 쉬어라

모두들 말하지만
어디에 내려놓을 것인가.

바닥 30

심성 사나운 태풍이라서
'링링'*이라는 예쁜 이름을 지었는지
험하게 산과 들을 할퀴었다

꽃밭의 키 큰 해바라기
벌초 가는 길 아름드리 소나무
부러지고 뿌리째 뽑혀 넘어졌다
거뜬히 버틴 작은 풀들 더 낮게 누웠다

큰 바람이 지나자 드러난 사실

상처 입은 큰 나무들
상처 없이 여전한 작은 풀들
모두 바닥에 기대고 있다.

* 링링: 2019년에 우리나라에 상륙한 태풍 13호의 이름.

드라이플라워

천일홍
천 일의 역사가 궁금하다

버석거리는 몸으로도 향기 여전하다
거꾸로 서서 허공에 뿌리를 내렸는지 선홍색 선명하다
땅에 닿기만 한다면 물을 품어 올리겠다

생명 후의 생명이
여전한 향기라고
변치 않는 색깔이라고 말한다

밤마다 활짝 피는 꿈으로 바스락거리며
사막에서라도
감춰진 꽃씨를 품었을 뿐인데
또 하나의 세계가 새롭게 피어난다

바싹 마른 나의 역사가 궁금하다.

망초를 위하여

눈에 띄는 대로 족족 뽑아낸다
교묘히 정체를 숨겨
꽃들 틈에서 용케 자라나도
전생과 현생 그리고 내세의 철천지원수처럼 처단한다
뽑고 돌아서면 다시 자란다는 푸념까지도
반드시 뽑아버린다

이른 아침 보았다
땀으로 가꾼 꽃밭에서
낮달맞이와 끈끈이대나물, 우단동자 붉은 꽃 사이로
우뚝 선 선연한 흰 꽃 세 그루
망초다
아하~ 탄성이 터지는 조화의 아름다움

그간 쌓은 죄가 무겁다.

제3부

다름에 대하여

한 틀에서 구워낸 붕어빵
쌓아놓고 자세히 보니 완벽히 똑같진 않았다

옆집의 일란성 쌍둥이
오랫동안 지켜보니 서로 다르다

똑같은 사람 없다
저마다 다르기에 사람이다

사람마다 서로 달라야만 생기는
한 걸음 물러날 수 있는 공간
사람 사이의 조화가 이루어지는 것 아닌가

다만 다가올 죽음만은 똑같아서
참 엄숙한 일이다
멋 부릴 일도
떼써서 될 일도 아니다.

풀들에게 묻는다

복수초는 원수를 은혜로 갚는 걸까
혹한 속에 옹골진 노란 꽃을 피워

노루귀는 들을까
번지듯 스며드는 봄이 오는 소리를

괭이눈은 보고 있을까
계절이 바뀌는 길에서 희미해진 그리운 얼굴을

시계초*는 알았을까
잃어버린 시간의 하역을

바람 부는 들판의 풀들
무심한 흔들림으로 답한다.

* 시계초: 시계꽃과의 여러해살이 넝쿨 풀.

탓

혼탁하다고
불합리하다고
자꾸만 세상을 탓하지만

그렇기에
모순투성이 내가 산다.

소망

육십여 년의 상흔이 행적의 전부다
당연히 커튼콜은 없을 것이고
다가올 완성은 자연스러운 소멸
살아있기에 언제나 미완성의 오늘이다
세상을 헤집다 베고 베인 칼자국
비열하게 약한 곳만 파고든 흔적
거센 물줄기를 종지에 담으려다 흘러넘친 물
흑과 백 사이의 색깔을 모르는 아둔함의 잔해
지금까지 모아놓은 생의 역사다
허공에 머무는 시간이 가장 길고
하늘을 나르려고 발이 퇴화한 새,
땅에 내리지 못하는 식용 둥지칼새가
수직 절벽 해초에 침을 발라 집을 지은 후
이름과 둥지마저 빼앗기고 나면
천하의 진미, 제비집 요리가 된다는데
큰일을 도모하거나 커다란 성취도 꾀한 적 없이
자잘한 일만으로도 눈코 뜰 새 없이 바쁜
나의 보잘것없는 소소한 일상도
부디 명품이 되기를 꿈꾼다.

악수

손가락 상처 있는 사람은

반갑다는 힘찬 악수가 두렵기만 하다.

단풍

완성의 슬픔이 저리도 붉은 것인가

푸른 꿈을 꾸는 봄
꽃과 나비로 하루하루 치장하는 몸짓이었지만
서늘함에 눈을 뜨는 가을
하나씩 버리며 뚜벅뚜벅 걸어온 발자국만 남았다

무르익은 상처로 낙엽으로 내리는 길
채우기보다 비우기가 무거운 걸 깨닫는다

받았던 빛나는 선물을 모두 돌려주고 나면
머지않아 다가올 새로운 탄생

다시 꿈에 부풀어 밝아오는 새벽 여명처럼
세상이 온통 붉게 물드는 것이다.

삽

한 뼘도 제 것은 아니지만 파고 또 판다
성난 핏줄의 욕심 없는 팔뚝에 매달려
몸이 찢어져도 바닥을 판다

어제는 늪 속, 오늘은 벼랑 끝
아마 내일은 지뢰밭

제 발치만 허무는 삽
누구는 삽질이라 손가락질해도
패배한 적 없는 눈빛으로 조금씩이라도 파헤친다

한숨으로 흐려진 하루를 헤집다가
아득한 어둠으로 눈 비비며 집으로 돌아가는 저녁
가장의 권세로는 빈 술병만 자빠트릴 뿐이지만
세상을 힘껏 끌어안는다

성명 미상 주소 불명으로
이 땅에
더부살이하는 아버지.

꿀, 꿀맛

말의 홍수 시대
아예 벙어리로 살라며 꿀 한 병 보내온 친구
속속들이 나를 안다

말이 많은 인간

꽃길을 앞세우지 않고
맹물을 삼키고도 꿀물로 돌려주는 꽃의 노고
밀원이라면 군말 없이
어디라도 눈물로 찾는 벌의 고단함

모두
쓴맛을 오래 품어 방울방울 단맛을 일군다

핏줄을 타고 흐르는
궁극의 단맛은 쓴맛이라고
궁극의 언어는 침묵이라고.

순종하는 나무

움이 틀 때
잎이 돋을 때
꽃이 필 때
열매 맺을 때
홀연히 떠날 때

언제나
때를 알고 순종한다.

초상화

아비인 내게는 입이 없다
아들과 딸에게 할 말 다 하지 못한다
남편인 내게는 귀가 없다
아내의 말을 전부 듣지는 못한다
일터에서의 내게는 손발이 없다
누구를 붙잡거나 다가가지 못한다
재빠른 세상의 흐름을 보지 못하는 눈
붉게 충혈된 점으로 퇴화하였고
유불리의 세상 냄새를 맡지 못하는 코
사라진 지 오래다
온통 없는 것뿐이지만 가슴에 넘치도록 자리한
천근만근 바위
짓눌린 한숨 속에서만 이목구비와 손발이 존재한다.

출입문
—치매병동에서

문을 연다
모든 것에 의지하다가
온갖 인연에 결박되었다가
그 많은 바람과 비에 흠뻑 젖다가
꽃 피는 시기는 여전히 기다리다가
요즘 것들을 말하다가
지금은 바싹 마른 꽃을 보다가
모든 기억에서 탈출한 자유를 누리다가
문을 닫고 나간다.

이유

모두의 탄식처럼
세월이 속절없이 빠른 까닭은

사람들 누구나
매사를 서두르기 때문이다.

꽃게, 꽃게 발

등딱지로 몸을 감춰 보이는 것은 온통 발뿐이다
먹이를 잡고 먹기 좋은 크기로 잘라내어 입으로 가져가고
적으로부터 보호하는 엄지발
기회가 될 때마다 높이 쳐들어 벌리고 그럴듯하게 으스
댄다
하지만 정작 갈 길을 정하여
걷고 헤엄칠 때는 쓸모가 별로 없다
둘째인 딸이 직장을 찾아 떠났다
아버지이자 명색이 가장인데도 앞길을 정해 보낼 수는
없었다.

작은 소원

여섯 살 아이에게
장래 소원이 무엇이냐고 물었더니
솜사탕 장사라고 대답한다

하늘의 뭉게구름을 보며 자라서
부드럽고 달콤한 세상을 알고 있구나

애야,
비릿한 삶을 아는 예순 살 먹은 나는
헛된 꿈일지라도
그냥 여섯 살 아이가 되고 싶단다.

하이패스

'빠르고 편리합니다'

산을 깎고 강이나 바다를 메우고 들을 가로질러 만들었다
편리하고 빨리 가는 고속도로
거기에 더하여 더 빠르고 더 편리하다고
또박또박 알리는 하이패스

멈춤 없이 달리면
스쳐 지나는 순간 통행 절차가 완료되지만
언제, 무슨 차를 타고
어디로 들어왔다 나가는지 행적을 고스란히 기록하고
신상까지 속속들이 들춰낸다

참 빠르고 편리하게 고속도로 여행을 마치면 울리는
'정산 처리 되었습니다'

무엇보다 더 빠르고 편리하게
낱낱이 나를 정산한다.

장날 소묘

동해젓갈집 바로 옆이 서해젓갈집
동해와 서해가 이웃이다
멀리서 온 강원도 무와 제주도 무
한자리에서 제 고향을 자랑한다
영동 사과와 공주 밤, 충청도 대표로 한자리한다
씨앗과 배추 모종을 파는 곁에서 배추를, 그 옆집은 김
치를 판다
수직 계열화된 산업 생태계다
제철 꽃도 플라스틱 조화도 한자리에 있어
사계절 언제나 꽃이 핀다
한우와 한돈 정육점과 수입 고기 전문점
나란히 서서 세계가 지구촌이라고 속삭인다
생물 가물치 옆에 죽어서 소금에 절인 조기
생과 사가 바로 가까이에 있음을 보여 준다
산 꽃게가 죽은 꽃게보다 두 배 이상 비싸서
생명의 값을 알린다
사람들 목소리가 물건보다 높게 쌓여
어쩌다 마주친 친구가 인사말 대신 어깨를 툭 친다
달랑 부모님 산소에 올릴 북어포를 사 들고
할머니분식에서 주름진 칼국수로 배를 채운다

장마당을 오가며 가슴의 근심거리
싼값에 죄다 팔고 돌아선다.

완성론

물러서는 일이 완성이다

저장, 삭제, 복사, 인쇄
흔히 하는 컴퓨터 작업
손끝이 마우스에 다가가 누를 때가 아닌
점차 멀어지다가
떨어질 때 실행이 완성된다

혀를 내밀기보다
입안 깊숙이 되돌아와서야 말이 완성된다

당신과의 사랑
완성을 찾지 못해 뜨겁게 다가가고
완성을 모르는 삶이라서 끈질기게 나아간다

제자리로
물러서는 일이 완성이다.

구배勾配

멈출 것인가 흐를 것인가
흐른다면 어디로 흐를 것인가

밀거나 당기지 않는다
막고 또 막아도 잠시의 순간뿐
결국 구배를 따라 흐르는 것을
물길을 내다 알았다

메마른 내 가슴에도
세상에도 있는 물

물은 안다
이정표 없어도 낮은 곳으로
흔들림 없는 수평선으로 가는 것을

물의 길이
나의 길이 되기를 소망한다.

힘

목소리에 힘을 빼고 불러라
어깨와 팔의 힘을 빼고 운전해라
골프를 칠 때도
테니스를 배울 때도 힘을 빼고 휘둘러라

목에, 온몸에
힘을 빼고 살아라

생을 가로지르며
늘 힘을 빼고 살라지만
그리고 살아간다지만

내 뼈대는
아직도 멀쩡하고 강하기만 하다.

제4부

무인無人 시대

사람을 볼 수 없다

자판기, 무인 주문기, 무인 계산대
무인 나들목, 무인텔
무인 편의점, 무인 카페, 무인 피시방……

사람들이 사는 세상에서
사람이 일군
사람을 위한다는 문명
디지털화 자동화 기계화의 꽃으로
사람을 위해 사람이 사라진다

사람이 제일이다
사람이 먼저라더니
제일 먼저 사람이 사라진다

김씨, 이씨
그리고 다음은.

눈 내리는 창가에서

봄꽃이 피기에는 눈꽃이 필요함을 알리는 2월의 하루
창밖을 바라보며
사람에게는 무엇이 필요한가를 생각한다

의식주라 했으니
따뜻한 옷과 집, 그리고 맛있는 밥
꿈이 없는 세상은 지옥이라 했으니 희망
자유가 아니면 죽음을 달라 했으니 자유
사랑이 없으면 목석이라 했으니 사랑

소담스레 쌓인 흰 눈 위에 찍힌
두 줄기 발자국

무엇보다도
사람에게는 사람이 필요하다
라고 읽는다.

보금자리

장엄하게 높은 산
치솟은 봉우리마다
말없이 세찬 눈과 비를 받아내어
아래로만 흐르는 숨겨진 계곡의 힘이다

메마른 등성이의 곧추선 나무들
그늘 아래 음습한 골짜기마다
크고 작은 바위에 기대어 물기를 머금은
숨은 이끼들의 힘이다

푸른 생명을 입은 돌
햇빛이 잘 드는 높은 곳에 올려놓자
이끼들 죄다 죽어버렸다

아래를 향한 낮은 자리
보금자리다.

탈의 가계도

하늘의 하회下回인가

무성산* 자락에 홀로 사는 검은 얼굴에
말 없는 선한 웃음으로 새겨진 굵은 주름
거의 감긴 실눈을 가진 예순 후반의 미혼 남자
틀림없이 생노병사의 질곡에서 벗어난
탈의 형상이다

죽은 나무를 예리한 칼끝으로 되살린 얼굴
골골이 칼끝 스칠 때마다
반야경 소리 수많은 봉우리 넘어갔겠다

양반탈의 가계도가 그려졌다.

* 무성산: 충청남도 공주시 사곡면·정안면·우성면에 걸쳐있는 해발
614미터의 산.

절규

바람 부는 날
함부로 높이 날린 먼지들

허공을 향하여 간절하게 외친다

언제 우리끼리 뭉쳐
한곳에 머물며 잘 살아보자.

우금치*를 아는가

버림받고 잊힌 슬픈 역사
우금치를 아는가
들어본 적은 있는가
왜군의 기관총탄 빗발칠 때
빗발처럼 스러진 사람들을 기억은 하는가
껑충한 위령탑의 기울어진 긴 그림자와
천하대장군과 지하여장군이 눈 부라리며
일그러진 기념사를 지키는 곳
소도 넘기 어려운
사람이 넘어서지 못하던 재
그러나 넘어서기를 꿈꾸었기에
새로운 깨달음의 역사를 연 고개
너와 나, 우리의 터전을 일군 언덕
가장 먼저 우뚝 세워야 할 고개다
달 오르면 땅이 통곡하고
비 오면 가슴에 눈물 짓고
눈 내리면 소복 입는 고개다
떠오른 해가 영원히 머물지는 않겠지만
해를 바라는 마음만은 영원한 고개
우금치를 아는가.

* 우금치: 동학군이 일본군과의 전투에서 결정적으로 대패한 고개 이름. 공주시에 위치.

배달 시대

택배 왔습니다
집집마다 울리는 힘찬 소리

아침 점심 저녁으로 일용할 양식
축하와 애도
사랑과 존경, 감사의 마음까지
두껍게 포장되어 새벽부터 밤 늦게까지 속속 배달이다

품목 불문, 가격 불문, 장소 불문
묻거나 따지는 것 없이
총알과 로켓을 타고
신용카드 단말기를 화염으로 뿜어대며
매일 입고 쓰고 먹고 마실 것 척척 도착이다

활짝 열린
배달민족의 배달 시대

쌓이고 쌓여도
늘 비어있는 곳

당신 자리.

스마트한 세상

잊는 법이 없다
더 속속들이 누구보다도 나를 안다

무얼 먹고 입고, 어디를 오가는지
누구와 소식을 주고받고 얼마짜리 무엇을 사는지
오래전 소식이 끊긴 지인의 근황,
심지어 세상을 떠난 사람의 생일까지
그리고 당신의 관심사는 이것이라고
항상 감시하고, 탐문하고
일거수일투족을 알린다

묻지 않아도
과거와 현재는 물론 미래까지도 예단하여
순간마다 울리는 휴대폰 소리

스마트한 이 세상에서
미생이자 미완의 나
부재중이다.

빈자리

꽃밭의 빈자리
꽃이 없는 곳 아니다

꽃의 높은 향과 고운 색이 몸을 누이는
지친 밤이 잠드는
허공을 품은 마음이
시들지 않는 꽃으로 피어나는 자리다

너의 빈자리
한 사람 없는 곳 아니다

세상 모든 만물이 사라진 자리
세상 모든 사람이 몰려들어도
절대로 채워지지 않는 자리다.

그렇기에

개미들 무리 지어 기어간다
모두 똑같다
참새들 떼 지어 날아가다 나뭇가지에 앉는다
모두 똑같다

그는 너와 달랐다
너는 나와 달랐다
나는 그와 달랐다
그와 너와 나는 서로 다르다

그렇지만,
그렇기에

모두 똑같은 사람이다.

홍어

거친 파도는 항해의 시작과 끝
검푸른 바다를 더듬어 길을 찾는다

뼈가 무르고 살이 풍부한 홍어
골자는 사라지고 군더더기만 남은 어부의 일생을 닮아서다
갯바닥에 달라붙어 살아온 삶
생의 바닥으로 밀려난 이들의 문드러진 속내처럼
홍어의 애는 부드럽다
닳고, 졸이고 졸여서 고소하다

폭폭한 세상살이의 발효
불같은 한이 터져 나오면
벗어지는 입천장, 쏙 빠지는 눈물, 뻥 뚫리는 코

만만한 게 홍어 좆이라고 함부로 휘두르는 세상 칼날
서럽고 비릿한 냄새에 맞서 자주 피를 쏟은
코가 유독 아리다

시금털털한 막걸리를 찾는 이들의

쫀득한 사람 냄새
한번 길들여지면 잊지 못하는 이유다.

빈손의 감사

맛있게 다 먹어준다면
뜻을 새기며 자세히 읽어준다면
끝까지 자주 들어준다면
벽에 걸고 늘 보아준다면

늘 빈손이 되더라도
기꺼이 모두 건네주마.

신상대성이론

시간은 중력에 굴절한다
공간도 중력에 굴절한다

나는 어김없이 돈에 굴절한다
틀림없이 권력에도 굴절한다.

미역귀

듣는 것이 소명
한마디 말이 없다

물소리, 바람 소리, 바위가 몽돌이 되는 소리
멀리 산사 목어의 기도 소리
바닷물로 말끔히 씻어낸 소리
씻어낼 수 없는 소리

흔들리는 몸으로도 귀 기울이는
삶의 굽이와 바닥에서 길어 올린 소리들

오랜 세월 켜켜이 쌓아놓고
소리 한번 지르지 못한 소심한 가슴으로
저절로 주름진 귀

주름 속에 가둔
감출수록 커지는 생명의 찬가
침묵의 포자 세상에 퍼트린다.

왼손

힘없는 손이다
물건을 들거나 밥을 먹어도 글씨 한 자를 써도
사람들을 만나 악수를 해도 언제나 오른손
날카로운 칼도 힘센 손으로 쥐다 보니
베이는 것은 늘 왼손
상처를 입고 나서야 알았다
한 손으로는 세수하기도 어줍고 왼쪽 바지 주머니는
왼손으로 더듬어야 된다는 것을
왼손이 누군가의 오른손을 붙들어야
함께 앞으로 나아갈 수 있다는 것을
힘을 자랑하는 오른손을 말없이 지켜보다
시리면 비벼주고 깨끗이 닦아주며
아플 때 따뜻이 어루만져 주는 손
맞들어야 가볍고 마주쳐야 소리가 나고
마주 잡아야 완성되는 기도다.

변명

낙엽이 지기 전에
나뭇잎의 살아온 변명을 들어야겠다

흔들리던 것을 바람 탓으로
구멍이 나면 벌레 탓으로
그늘을 드리운 것을 햇빛 탓으로 하고
이파리만 키운 고백을

그를 달구었던 태양과
진액을 빨아온 대지의 안식을 핑계로
회한으로 붉게 물든 채
땅으로 귀향하여
이듬해 봄이 오면 다시 피어나려는 이유를

가을이 가기 전에
나의 변명을 들어야겠다.

자격증 시대

세상에 첫발을 디딜 때 산부인과 의사
음식에는 요리사
머리칼 하나를 자르려 해도 미용사
죽어 땅에 묻히려 해도 장례지도사와 염사

요람에서 무덤까지 필요한 자격증

고향 동네 용갑이 아버지
오랜만에 찾아온 아들 며느리, 빚을 갚아달라며
'부모가 뭐 해준 게 있냐, 부모 자격이 없다'는 원망에
평생 일군 논밭 모두 팔고 대출까지 얻어주고서야 받은
부모 자격증

소주 한 잔에 눈물 바람이다가
홧김에 황천길에 들었다는 소문
장례식장에서 만난 아들
그 아버지를 쏙 빼닮은 얼굴이다

자격증 시대다.

풍란

차디찬 돌 위에서
바람을 맞으며 산다

있는 듯 없는 듯, 끊어질 듯 이어지는
진저리 치는 내력의 향으로
전하는 밀서

깊은 속이 마르지 않는다면
반드시 꽃 피는 날 오리라.

낮은 목소리로 가닿는 궁극적 사랑과 긍정의 시학

유성호(문학평론가, 한양대학교 국문과 교수)

1. 경험적 진실을 통한 자기 개진의 양상

손경선 시인의 두 번째 시집 『해거름의 세상은 둥글다』는, "짧은 숨결을 심호흡으로 베껴 적었다"(「시인의 말」)는 시인의 고백처럼, 단정하고 투명한 언어적 실감으로 짜여 있는 마음의 풍경첩이다. 시인은 다양한 사물과의 친화력 있는 교응交應을 통해 근원적인 삶의 원리를 제시하고, 언어에 대한 섬세한 자의식을 선보이면서 자연 사물에서 발견하는 삶의 이법을 보여 주는 데 적공積功을 바치고 있다. 이 모든 것이 어떤 커다란 담론적 전제에서 이루어지는 것이 아니라 일상에서 만나는 구체적 사물과 풍경 속에서 성취된다는 것이 손경선 시의 확연한 장처長處라고 할 수 있을 것이다. 오랜 시간 축적해 온 경험적 진실을 깊이 있는 사유와 감각으로 표

현하려는 시인의 의지가 일관되게 담긴 이번 시집은, 한편
으로는 시인 자신의 주관적 경험을 투명하게 응시하고 추
스르고 반영하면서, 다른 한편으로는 거칠고 커다란 세계
를 해석하고 판단하는 개성적 태도를 줄곧 보여 주고 있다.
요컨대 손경선 시인의 이번 시집은 삶에 대한 궁극적 사랑
과 긍정의 형식에 이르고자 하는 의지와 태도를 담으면서,
자연스럽게 서정시를 통한 자기 개진에 현저하게 기울어
져 있다. 이제 그 세계 안으로 천천히 들어가 보도록 하자.

2. 인간과 자연 사물이 상호 공명하면서 그려내는 미학
   적 파동

먼저 손경선 시인은 자연 사물에서 삶의 이법을 읽어내
는 마음의 흐름을 첨예하게 보여 준다. 인간과 사물이 상호
공명하면서 그려내는 파동은 그의 가장 직접적인 시적 제
재나 배경이 되어주고 있다. 이러한 방식은 근대사회가 초
래한 인간에 대한 자연의 종속성을 넘어 '스스로(自) 그러함
(然)'을 회복하려는 상상적 운동을 경험하게끔 해준다. 그것
은 생명의 자율성과 다양성을 극대화하려는 미학적 의도와
결합하여 손경선 시의 은은하고도 든든한 자양이 되고 있는
것이다. 무심히 흘러가는 시간과 그 안에서 힘겨운 실존을
구성해 가는 자신의 삶을 자연 사물에 투영하면서, 시인은
세계내적 존재로서의 운명에 대한 확인과 성찰을 동시에 노

래해 간다. 이때 그의 몸 깊이 새겨져 있을 것만 같은 흔적들이 번져오면서 우리는 그의 언어 안에서 아픈 상처를 다스리면서 빛나는 어떤 순간을 새겨가려는 시인의 의지를 만나게 된다. 그렇게 그는 상처 난 시간 속에서 자신이 겪어온 실존적 상황을 끊임없이 바라보며 견디고 그 속에서 파동치는 시간의 깊이를 드러내면서 시를 써간다. 그러한 과정이 녹아있는 단아하고 짧은 작품 몇 편을 읽어보도록 하자.

아찔한 절벽 끝
커다란 바위가 버티는 것은
그 아래 받쳐주는 작은 바위의 힘

작은 바위는 보다 작은 바위에,
더 작은 바위는 풀뿌리에 의지하여 버틴다

언제나 작은 것에 기대어 살아간다.
—「원천源泉」 전문

차디찬 돌 위에서
바람을 맞으며 산다

있는 듯 없는 듯, 끊어질 듯 이어지는
진저리 치는 내력의 향으로
전하는 밀서

깊은 속이 마르지 않는다면
반드시 꽃 피는 날 오리라.

—「풍란」 전문

산을 오르다가
하늘을 올려다보며 깨닫는다

가끔은 죽은 나무도 서있다는 것을

세상에 홀로 선
나는 살아있는 것인가.

—「투영投影」 전문

　존재론적 원천(源泉, origin)을 발견하는 과정을 담은 맨 위의 시편에는, 자기보다 몸이 훨씬 작은 바위의 도움으로 아찔한 절벽 끝의 바위가 서있을 수 있다는 역리逆理가 잔잔하게 흐르고 있다. 작은 바위는 더 작은 바위에, 더 작은 바위는 더욱더 작은 '풀뿌리'의 힘에 의지하여 버티고 있는 연쇄적 연결고리에 대한 시인의 발견이야말로 그 내림차순의 힘으로 "언제나 작은 것에 기대어 살아"갈 수밖에 없는 우리 삶의 원천을 들려주고 있다 할 것이다. '풍란風蘭'이라는 생명을 제재로 한 중간 시편 역시 돌 위에서 바람을 맞으며 살아가는 풍란이 "있는 듯 없는 듯, 끊어질 듯 이어지는" 근원적 질서의 표상임을 노래한다. "내력의 향으로/ 전하는 밀서"처럼 풍란은 깊은 속이 마르지 않은 채로 꽃을 피워 간다. 풍란을 가능하게 한 것 역시 바람처럼 마르지 않는 시간이었던 것이다. 궁극적 존재에 대한 자기 투영의 마음을 애틋하게 노래한 맨 아래 시편에서 시인은 산을 오르다가 "죽은 나무도 서있다는 것"을 깨달으면서 스스로도 "세상에 홀로 선" 존재자임을 알아간다. 그렇다면 홀로 서있는 것 하나만으로는 살아있다 할 수 없을 터인데, 이때 시인은 생의 원천처럼, 바람을 견디는 풍란처럼, 살아있음에 대한 자긍自矜을 역설적으로 깨달아간다. 이러한 근원의 표상은 손경선 시편으로 하여금 "자연을 있는 그대로,/ 마음에 비치는 대로 그리는 것이 최선"(「입문」)이라는 믿음을 낳게끔 하고 있고 나아가 "감출수록 커지는 생명의 찬가"(「미역귀」)를 부르게끔 하고 있다.

이처럼 단형 서정은 손경선 시의 한 정수精髓를 이루고 있다. 그의 시는 주체의 내면 혹은 주관으로의 급격한 경사를 제어하면서 자연 사물의 스스로 있음과 그 안에서 새로운 해석을 덧입혀 가는 시인 스스로의 느낌을 표현하는 데 주력한다. 이때 우리는 사물의 구체성과 그에 상응하는 주체의 역동적 반응과 해석을 간취하게 된다. 다시 말해 삶의 보편성을 환기하는 사물을 발견하고 거기에 참신하면서도 역동적인 해석 과정을 덧붙여 간 손경선의 시를 만나게 되는 것이다. 물론 이러한 속성이 물질성 혹은 쇄말적 상세함과 고스란히 등가를 이루는 것은 아니다. 오히려 시인은 자연 사물을 질료로 삼으면서도 그 물질성 안에 갇히는 게 아니라 근원 지향의 정신을 통해 한 차원 높아진 형이상학적 충동을 환기하고 있다. 그래서 그의 시에는 사물의 구체성과 근원 지향성이 통합되어 나타나게 되고, 우리는 인간과 자연 사물이 상호 공명하면서 그려내는 미학적 파동을 한껏 느끼게 된다.

3. 시간의 깊이를 드러내는 서정의 원리

서정시는 시간에 대한 사후적 경험의 형식으로 쓰이고 읽히는 속성을 거느린다. 그것이 미래를 예감한 것이거나 시간을 초월한 것일지라도 서정시는 그 자체로 시간에 대한 경험적 판단을 수행해 간다. 그만큼 서정시는 시간에 대한 경험과 기억의 재구성이라는 양식적 특성을 오롯하게 지닌다. 그렇게 서정시와 시간은 호혜적인 짝이고 분리 불가능한 서로의 핵심적 원질原質이 된다. 손경선 시의 저류底流에는 이러한 시간 의식이 흐르고 있는데, 구체적인 생활적 실감의 투명성을 길어 올리는 그만의 운동이 이러한 의식을 통해 실현되고 있다. 이때 그의 목소리는 세상에서 빛을 다하고 낡아가는 풍경을 담아내고 있고, 그의 시선은 고단한 삶을 살아가는 사람들의 생애를 향한다. 또한 거기에는 우주적 시간의 생성과 소멸의 흔적이 선명한 개별성을 가진 채 존재한다. 우리는 이러한 세계를 가능케 하는 작법을 일러 시간의 깊이를 드러내는 서정의 원리라 명명할 수 있을 것이다.

시간이 숨겨 둔
절삭과 연마가 빛나는 해거름
세상은 둥글다

열기를 잃어가면서
몸을 웅크리는 것들 모두 둥글다

발길질로 무너트린 과거
짓밟히는 오늘
부서질 내일의 환영
나를 둥글게 한다

집착에서 풀려난 눈빛, 얼굴
옷과 신발이 걸어오는 노년의 한마디
둥글기만 하다.

　　　　　　　　　　　　—「해거름의 세상은 둥글다」 전문

　해거름의 시간은 모든 존재자들이 지상의 빛을 거두고 본래의 자리로 돌아가는 순간일 것이다. 해 질 녘 소멸해 가는 사물들의 잔상殘像을 몸 깊이 숨기면서 모든 순간은 스스로의 존재 증명을 서두른다. 이렇게 시인은 "시간이 숨겨 둔/절삭과 연마가 빛나는 해거름"에 세상의 둥긂을 넉넉하게 받아들인다. 열기를 잃어가면서 스스로 몸을 웅크려 둥글어지는 세계, 과거와 현재와 미래를 한 매듭으로 이어주는 환영의 세계, 이 모든 시간의 원리가 시인을 둥글게 하면서 "집착에서 풀려난 눈빛"으로 해거름의 세상을 안아 들이게끔 해준다. 시집 표제작이기도 한 이 작품에서 시인은 이렇듯 집착에서 자유로워진 시선으로 사물들의 존재 방식을 바라봄으로써 "제자리로/ 물러서는 일"(「완성론」)이 존재론적 완성을 기하는 유일한 방책임을 암시해 준다. "저녁 해거름/ 적막이 속삭이는 한마디"(「다 이루었다」)이자 더없이 절절한 자기 선언이 그 안에서 이루어지는 것이다. 그리고 그러한 '둥긂'의 형상을 지나 시인은 다른 형태의 전언傳言으로 한 걸음 더 나아간다.

늘 속을 비워 몸을 가볍게 하여
끊임없이 흔들거리란다

흔들지 않는다면
바람이 찾지 않았다는 것
흔들리지 않는다면
참새조차 찾아오지 않았다는 것

오늘, 흔들리는 당신
누군가, 무엇인가 기꺼이 찾아왔기에
결코 혼자가 아니라는 것

그리하여 외로움에서 지켜준다는 것

흔들려야 제 할 일 제대로 하는 것이라는

흔들리는 대숲의 전언이다.

　　　　　　　　　　　　—「대숲의 전언」 전문

　대나무는 '둥긂'의 반대편에 있는 '곧음(直)'의 상징으로 곧
잘 원용되곤 한다. 그들은 속을 비워서 몸을 가볍게 하여 그
강직함으로 끊임없이 흔들린다. 바람과 참새가 찾아와 흔
들 때 대숲은 "오늘, 흔들리는 당신"으로 하여금 "누군가,
무엇인가 기꺼이" 찾아와 혼자가 아님을 알게끔 해준다. 누
군가를 혼자이게 내버려 두지 않는 타자들의 힘은 외로움
에서 서로를 지켜주면서 흔들리고, "제 할 일 제대로 하는
것"이라는 대숲의 전언을 온몸으로 승인하게 된다. 그래서
'흔들림'이란 누구에게나 "두려움의 표식이자/ 진심은 서로
통하고 싶다는 표현"(「담」)이 될 수밖에 없는 것이다. 이렇
게 손경선 시인은 '잦아드는 둥긂'과 '곧은 흔들림'이라는 서
로 다른 이미지를 빌려 와 오랜 시간을 관통하면서 스스로
를 지켜온 사물들의 필연적 운행 원리와 존재 방식을 노래
해 간다. 아름답고 애잔하고 융융한 형상이 아닐 수 없다.
　누구나 알고 있듯이, 시간이란 우리의 삶에서 하나의 흐
름으로 경험되고 기억된다. 하지만 시간의 흐름은 그 자체
로 하나의 형상적 은유일 뿐이다. 다만 우리가 시간이라는
개념을 의식 속에서 분절하고 재구성하여 과거에서 현재로
또 미래로 간단없이 흐른다는 형상적 은유를 활용하고 있는

것이다. 하지만 우리는 시간을 실재가 아닌 이미지 혹은 흔적을 통해 인지하고 경험할 수 있을 뿐이다. 그래서 시간은 사람마다 서로 다른 기억과 경험 속에서 재구성될 수밖에 없는 어떤 것이 된다. 그리고 그것을 기억하고 체험해 가는 층위도 다 다르게 마련이어서, 누구는 신성의 현장으로, 누구는 역사의 실현 과정으로, 누구는 세월의 흔적으로, 누구는 가혹한 일상성으로 그것을 기억해 간다. 그 다양한 행간마다 손경선 시인이 시간의 깊이를 드러내는 서정의 원리가 크게 숨 쉬고 있는 것이다.

4. 낮아짐의 힘에 관한 시적 공감과 승인

다음으로 손경선 시인이 우리에게 건네는 전언은 '낮아짐'의 힘에 관한 것이다. 물론 그의 시에는 가난한 이웃의 삶이나 가파른 시대 현실이 구체적으로 드러나지 않는다. 사람들의 눈길이 머물지 않는 인생의 모서리에 자신만의 고단하고도 소중한 세계를 만듦으로써 그는 다만 꿈의 형식을 빌려 삶의 다양한 양상을 담담하게 소묘할 뿐이다. 물론 그 세계가 진한 슬픔을 머금고 있어서, 우리는 더욱 강렬하게 삶의 힘겨움과 안간힘을 받아들이게 된다. 이처럼 손경선 시의 특장特長은 타자들의 삶에 대한 담담한 묘사와 그 안에 담긴 과장되지 않는 정직한 시선에 있다고 할 수 있을 것이다.

장엄하게 높은 산

치솟은 봉우리마다

말없이 세찬 눈과 비를 받아내어

아래로만 흐르는 숨겨진 계곡의 힘이다

메마른 등성이의 곧추선 나무들

그늘 아래 음습한 골짜기마다

크고 작은 바위에 기대어 물기를 머금은

숨은 이끼들의 힘이다

푸른 생명을 입은 돌

햇빛이 잘 드는 높은 곳에 올려놓자

이끼들 죄다 죽어버렸다

아래를 향한 낮은 자리

보금자리다.

—「보금자리」 전문

시인이 노래하는 '보금자리'는 높게 융기한 것들을 떠받
치는 '낮은' 것들의 힘에 의해 가능해진다. 이러한 역설적 가
치에 대한 옹호와 헌신은 이번 시집을 핵심적으로 관철하는
손경선 특유의 시적 에너지라고 할 수 있을 것이다. 이 작품
안에는 '장엄함/치솟음/메마름/높음'과 '말 없음/숨음/음습
함/낮음'이 일일이 대조를 이루고 있다. 메마른 위쪽에 존

재하는 '산/돌'은 아래쪽에 존재하는 음습한 '계곡/이끼'의
숨은 힘에 의해 비로소 가능하다는 것이다. 그렇게 말없이
눈과 비를 온몸으로 받아내면서 낮은 곳으로 흘러가는 계곡
의 힘이야말로 "아래를 향한 낮은 자리/ 보금자리"를 환기
하는 강력한 자연의 메시지인 셈이다. 이때 우리도 "모두/
몸을 낮춰야 제대로 볼 수 있다."(「어느 하루」)라는 점을 알게
되면서 "낮은 자세로/ 더 낮게 다가오는 손길에게만/ 온전
히 몸을 허락하는"(「흙냄새가 난다」) 사물의 질서를 청안淸安한
표정으로 바라보게 되는 것이다. 그리고 시인은 낮은 자리
의 한 극점인 '바닥'으로 다가간다.

바닥이 다른 바닥을 만날 때 자국을 남긴다
우뚝 선다 해도
발바닥만이 땅바닥에 흔적을 만든다

높은 산맥도 한때는 바다의 바닥
조개껍질 사리 몇 과 가슴에 품어 산줄기로 자랐다

진정한 감사는 바닥을 바라보는 절
바닥을 바라볼 때
다시 일어설 수 있다

생의 바닥들이 서로 맞부딪치면
선승의 가르침을 어긴

숫눈 위의 개 발자국 같은 발자국
깊다

바닥이 모두 담아낸다.

―「바닥 2」 전문

　바닥이란 존재론적 임계점인 가장 아래쪽 '바닥(bottom)'
이기도 하고, 스스로의 존재를 가능하게 하는 바탕으로서
의 '바닥(basis)'이기도 할 것이다. 이때 바닥이 다른 바닥을
만났을 때 남겨지는 '자국(흔적)'이 바로 삶의 선명한 은유일
것이다. 시인은 우리가 서있다 해도 '발바닥'만이 '땅바닥'에
흔적을 남기는 것이며, 산맥도 한때 "바다의 바닥"이었던
것처럼 "진정한 감사는 바닥을 바라보는 절"임을 잊지 않아
야 한다고 말한다. 바닥을 바라보아야 다시 일어설 수 있
고, 생의 바닥이 맞부딪쳐야 삶이 비로소 가능해짐을 알게
된다는 것이다. 그 바닥에는 숫눈 위의 발자국처럼 "떠나가
는 것들/ 들리지 않는 소리들/ 눈에 보이지 않는 것들"(「빈 화
분」)이 환한 모습으로 우리 삶에 개입하게 되는 것이다. 시
인은 그 바닥으로 "바싹 마른 나의 역사"(「드라이플라워」)도 천
천히 담겨 갈 것이라고 노래한다.
　대체로 시간은 누구에게나 공평하게 주어진 물리적이고
객관적인 것으로 여겨지기 쉽지만, 사실 그것은 누군가의
내면에서 지속되는 흐름으로만 경험되는 심리적 실체이다.
따라서 사람들은 저마다 다른 시간관념을 가지고 있으며,

그것은 스스로 처한 실존적, 역사적 정황에 의해 끊임없이 다양하게 현재화한다. 시간은 우리 모두의 실현을 항구적으로 유예시키면서 몸 안에 수많은 흔적을 새겨가는 파문과도 같은 것이다. 손경선 시인은 과거를 미화하거나 미래를 밝게 앞당기는 원리로서 시간을 노래하지 않고, 오직 자신의 현존을 이루는 미학적 흔적들로서 시간을 새겨간다. 그만큼 그는 자신의 현재형에 긍정의 육체를 입히는 형식으로 시간을 형상화해 간다. 낮아짐의 힘에 관한 시적 공감과 승인의 과정을 한없는 외경의 힘으로 치러가고 있는 것이다.

5. 일상에서 경험하는 생활적 구체

그런가 하면 손경선 시인은 자신이 일상에서 경험하는 생활적 구체를 시의 안쪽으로 끌어오는 순간을 환하게 보여 준다. 고요하고도 고단한 삶의 풍경에 대한 세세한 묘사와 섬세한 기억을 통한 훤칠한 인생론적 성찰을 주요 축으로 삼아가는 것이다. 그러한 역동적이고 맑은 힘을 모아 시인은 삶의 깊이를 탐색하면서 우리 생의 형식이 불가피하게 그러한 고요하고도 고단한 모습을 띠어간다는 것을 노래해 간다. 삶의 비의秘義를 일상에서 엿보고 그것을 차분하게 담아냄으로써 가족과 이웃에 대한 정성과 사랑을 증언하는 것이다. 한 집안의 가장으로서, 늘 환자를 대하는 의사로서, 시인은 다음과 같은 살가운 실례들을 남기고 있다.

간간해야 맛이 있다
배추를 버무리는 아내의 혼잣말

묵은 살림이라야 골고루 살림살이를 갖추듯이
오래된 겉잎이 영양이 많고
여린 속을 감싸다 보니 질겨졌지만
간만 제대로 들면
몸을 허물어 더 부드러워진단다

자기도 원래 귀한 딸로 태어나
노란 속잎이었는데
간 맞추기 어려운 남편을 만나 뒷전으로
자꾸 밀려나 시퍼렇게 멍들고 억센 사람이 되었다며
속속들이 간만 맞춰주면
얼마든지 부드러운 여자가 된다나

김치 하나 담그는데도 간 맞추기 어려운데
모르는 사람을 만나 세상 간을 맞추기는
오죽하겠냐며 볼멘소리를 하다가
간이나 봐달라며 김장 속 한 주먹을 불쑥 내민다.

—「김장하는 날」 전문

    김장하는 날 아내가 들려준 말에서 시인은 인생론적 동
반자로서 퍽 소중한 느낌을 가지게 된다. 배추를 버무리던

아내의 혼잣말은, 간간해야 맛이 있다든지, 간만 제대로 들면 부드러워진다는 것이었다. 이러한 경험적 예지는 아내로 하여금 한 차원 더 나아간 비유를 통해 '귀한 딸=노란 속잎'이었던 자신이 간 맞추기 어려운 남편을 만나 억센 사람이 되었지만 간만 제대로 맞추면 부드러움을 회복할 수 있을 것이라고 말을 건네게끔 해준다. "간이나 봐달라며 김장 속 한 주먹을 불쑥" 내미는 아내의 부드러운 손이야말로 시인의 평생을 지켜준 "아플 때 따뜻이 어루만져 주는 손"(『왼손』)이었고, "따뜻한 옷과 집, 그리고 맛있는 밥"(『눈 내리는 창가에서』)을 시인과 함께 만들어간 생활적 구체의 힘이었을 것이다.

팔순이 넘은 노부부
자주 숨이 가빠
병원을 이웃집보다 자주 드나드는 할아버지
낙상으로 고관절이 부러진 후
한 발자국만 떼려 해도 유모차가 발이 되는 할머니

출가한 오 남매
일 주에 한 번씩 교대로 반찬을 갖다준다 말씀하시며
눈빛을 반짝거린다

숨을 헐떡여도 다리를 절름거려도
여전히 빛나는 별

다섯 개의 위성을 거느린 항성이다.

—「항성恒星」 전문

이번에는 의사로 돌아와 느끼는 담백한 순간을 담았다. 주인공은 "팔순이 넘은 노부부"이다. 할아버지는 숨이 가빠 병원을 자주 찾으시고, 할머니는 낙상으로 고관절이 부러진 후 유모차를 쓰신다. 출가한 아들딸이 돌아가면서 자신들을 돌본다면서 눈빛을 반짝거릴 때 그분들은 "여전히 빛나는 별"이 된다. 아니 "다섯 개의 위성을 거느린 항성"이 된다. 그렇게 진료실에서 마주친 훈훈한 순간을 담아낸 시인의 필치 안으로 인생론적 긍정의 마음들이 깊이 드리워져 있다. 모든 사람은 그런 의미에서 자신의 생에 주어진 "뜻을 새기며"(「빈손의 감사」) 더없이 아름다운 존재자들로 살아간다. 그때 시인도 그들의 삶을 통해 "낱낱이 나를 정산"(「하이패스」)해 갈 수 있었을 것이다. 이처럼 손경선의 시는 서정시가 삶의 구체성에서 우러나오는 언어적 감정 양식임을 보여 주는 아름다운 사례로 다가온다. 기억과 성찰을 통해 삶의 궁극에 이르고자 하는 의지를 보여 준 사례로 그의 시는 깊이 기억될 것이고, 그 기억의 파장은 격렬하지 않고 고요하게 시인 스스로를 감싸면서 조용히 번져갈 것이다. 그 사이사이로 언제나 그의 곁을 지키는 이들의 아름다운 기억이 넘쳐날 것이다.

6. 생의 심연에서 만나는 그리움의 목록들

　마지막으로 우리는 시인이 노래하는 그리움의 목록을 들여다볼 수 있다. 근원적으로 서정시의 기능은 새로운 깨달음과 감각의 갱신을 통해 사물의 의미와 본질을 재발견하는 데 있을 것이다. 인간이 그동안 공들여 축적해 왔던 사랑이나 그리움 같은 정서들이 폭력적으로 폐기되고 그 빈자리를 온통 자본의 효율성이 메워 버린 시대일수록 서정시의 이러한 역할은 더욱 중요성을 거느리게 된다. 이러한 시대에 대응하여, 손경선 시인은 기억을 통한 그리움의 목록으로 꿋꿋하게 나아가고 있다. 바로 그러한 친화적 회감回感의 방식을 시인은 가장 투명하고 진솔한 체험적 언어로 담아내고 있는 것이다. 생의 심연에서 만나는 그리움의 목록이 거기에 촘촘하게 들어있다.

　　　　그리운 이의 얼굴을 보거나 목소리를 듣고도
　　　　얼마 안 가 잊어버리는 기억의 한계
　　　　어디를 가거나 무슨 일을 하든지
　　　　뒤를 따르는 그림자
　　　　단단히 붙잡다가도 놓아버리는 손
　　　　곧게 세우다가도 구부리는 목과 허리
　　　　나아가다가도 스스럼없이 물러서는 다리
　　　　누군가를 향한 뜨겁게 펄떡이는 심장
　　　　무엇보다도 먼저 느끼는 배고픔

지금껏 미워했던 사람

아직도 세상에서 모르는 것들

그리고 소리 없는 눈물

감사와 축복의 목록이다.

—「목록」 전문

이 그리움의 목록은 그대로 시인의 삶을 은유하는 인생론적 카탈로그이다. 물론 기억이란 한계가 있어서 그리운 이의 얼굴이나 목소리를 잊어버리기도 한다. 하지만 시인은 어디를 가거나 무슨 일을 할지라도 자신의 뒤를 따르는 '그림자'를 항상적으로 느끼는데, 그것은 붙잡았다 놓아버리는 '손', 세웠다 구부리는 '목과 허리', 나아갔다 물러서는 '다리', 그리고 누군가를 향한 '심장'이다. 이 지체들은 모두 시인으로 하여금 그리움을 가능케 하는 물리적, 심리적 원리이다. 배고픔이나 미움과 함께 언제나 삶을 따라왔던 "세상에서 모르는 것들/ 그리고 소리 없는 눈물" 역시 감사와 축복의 목록이라고 시인은 고백하고 있는데, 말할 것도 없이 그 안으로는 "그늘을 드리운 것을 햇빛 탓으로 하고"(「변명」) 살아왔던 시간과 "새싹 같은 그리움"(「일기 예보」)을 퇋아 올리는 순간이 흐르고 있을 것이다.

버림받고 잊힌 슬픈 역사

우금치를 아는가

들어본 적은 있는가

왜군의 기관총탄 빗발칠 때

빗발처럼 스러진 사람들을 기억은 하는가

껑충한 위령탑의 기울어진 긴 그림자와

천하대장군과 지하여장군이 눈 부라리며

일그러진 기념사를 지키는 곳

소도 넘기 어려운

사람이 넘어서지 못하던 재

그러나 넘어서기를 꿈꾸었기에

새로운 깨달음의 역사를 연 고개

너와 나, 우리의 터전을 일군 언덕

가장 먼저 우뚝 세워야 할 고개다

달 오르면 땅이 통곡하고

비 오면 가슴에 눈물 짓고

눈 내리면 소복 입는 고개다

떠오른 해가 영원히 머물지는 않겠지만

해를 바라는 마음만은 영원한 고개

우금치를 아는가.

—「우금치를 아는가」 전문

　시인이 거주하는 공주公州에는 '우금치'라는 고개가 있다.
이는 동학군이 일본군과의 전투에서 결정적으로 패한 고개
이다. 이 고개는 시인으로 하여금 언제나 공적인 어떤 그리
움에 가닿게끔 해준다. 비록 "버림받고 잊힌 슬픈 역사"이

지만, 시인은 "왜군의 기관총탄 빗발칠 때/ 빗발처럼 스러진 사람들"에 대한 역사적 기억이 우리 삶에 너무도 중요한 자산임을 노래한다. "껑충한 위령탑의 기울어진 긴 그림자"가 시간을 늘여 놓고 있지만 시인은 "사람이 넘어서지 못하던 재"를 넘어서려 꿈꾸었던 그분들에 대한 경모敬慕를 힘주어 노래한다. 그렇게 "새로운 깨달음의 역사를 연 고개"에서, 우리의 터전을 일군 언덕이 가장 먼저 우뚝 세워져야 할 것임을 강조하는 것이다. '통곡'과 '눈물'과 '소복'으로 이어져 간 우금치에서 "완성의 슬픔"(「단풍」)을 노래하는 시인의 품과 격이 넓고 깊게 출렁이며 다가오고 있다.

지금까지 우리가 천천히 읽어왔듯이, 손경선 시의 가장 깊은 바탕에는 지나온 시간을 향한 농밀하고도 선명한 기억이 흐르고 있다. 이는 서정의 원리를 주관적 경험에서 피워 올리게끔 해주고 관념의 대상을 구체화하여 표현하게끔 해준다. 이러한 손경선 시학이 가능했던 것은 전적으로 삶의 구경究竟을 오래도록 보아온 시인의 원숙함 때문이었을 것이다. 또한 그것은 자연스럽게 나이가 들수록 점증하는 인생론적 재부財富였을지도 모른다. 손경선 시인은 이러한 기억과 성찰의 과정을 잔잔하고도 투명한 언어로 갈무리함으로써 깊은 인생론적 사유와 감각과 인지 능력을 복원해 간다. 이러한 지속적 자기 탐구의 열정이 삶의 원초성과 타자들에 대한 사랑을 동반하면서 '시인 손경선'으로 하여금 우리 시대가 놓치고 있는 정서적 균형 감각을 회복하는 데 진

력하는 서정시인으로 남게끔 해준 셈이다.

그렇게 손경선 시인은 이러한 방식이 우리를 치유하는 유일한 길이며 인간 숨길을 트는 대안적 실천이 될 것이라고 토로하고 있다. 이러한 과정을 통해 그는 사물과의 다양한 교응을 통한 완미한 미학을 완성해 가고 있으며, 스스로 "궁극의 언어는 침묵"(「꿀, 꿀맛」)이라고 노래했던 것처럼 특유의 낮은 목소리로 사랑과 긍정의 시학을 이루어가고 있는 것이다. 과잉된 해체와 장광설이 넘쳐나는 우리 시대에, 이러한 손경선 시편들이 역설의 경종이 되어 퍼져나가기를 마음 깊이 소망해 본다.